चींटियाँ शोर नहीं करती

(कविता-संग्रह)

चींटियाँ शोर नहीं करती

(कविता-संग्रह)

विजय विशाल

प्रलेक प्रकाशन प्रा.लि.

Pralek Prakashan Pvt. Ltd.

प्रलेक प्रकाशन का लोगो विश्व प्रसिद्ध महान चित्रकार **मिकी पटेल** ने बनाया है।

ISBN : 978-81-946954-2-4 (Paper Back)

प्रकाशक

प्रलेक प्रकाशन प्रा.लि.

PRALEK PRAKASHAN PVT. LTD.

वितरक

JVP PUBLICATION PVT. LTD.
602, I-3 Global City,
Virar (west), Thane 401303, Maharashtra
Cell : 9833402902 / 7021263557
Email : pralek.prakashan@gmail.com
Website : www.pralekprakashan.com

पहला संस्करण : 2020

आवरण चित्र : बंशीलाल परमार

आवरण सज्जा : सचिन राठौर

पुस्तक सज्जा : Jvp Publication Pvt. Ltd.

लेजर टाइप सेटिंग : आशीष कुमार पाठक

Chintiyan Shore Nahi Karati :

Poetries By Vijay Vishal

चींटियाँ शोर नहीं करती :

विजय विशाल

तमाम साहित्यिक मित्रों

तथा

साहित्यिक समूह जमाबड़ा व अपना मोर्चा

के साथियों

सहित

जीवन संगिनी विद्या शर्मा

एवं

बिटिया आकांक्षा शर्मा व दामाद वैभव शर्मा

को

जिनके उलाहनों ने इन कविताओं को पुस्तक में पिरोया।

अनुक्रम

वे हार नहीं मानती

मधुमक्खियों को
मालूम है
हर बार की तरह
शीघ्र ही ढहा दिया जाएगा
उनका क़िला
चुरा ली जाएगी
उनकी मेहनत।
फिर बेघर हो
भटकना होगा उन्हें
नए ठिकाने के लिए
जैसे—
एक निर्माण कार्य पूर्ण होते ही
भटकने लगते हैं मज़दूर
नए काम की तलाश में।

सदियों से ज़ारी है
मधुमक्खियों की
मेहनत को लूटने का
यह सिलसिला
और मज़दूरों का
काम की तलाश में
निरन्तर भटकना।
मगर
न मधुमक्खियाँ हार मानती हैं
न मज़दूर काम तलाशना छोड़ते हैं।
इनकी यह जिजीविषा ही

बचाए रखती है
पृथ्वी पर
सृजन की संभावनाओं को।

❖ ❖ ❖

सबसे सुंदर घोंसला

तुम
जो संसार की
सबसे सुंदर इमारतों की
सूची बना रहे हो
इसमें शामिल कर लो
एक अदद घोंसला।

बया का घोंसला
जो किसी बुर्ज खलीफा से
कम नहीं
न तकनीक में
न बुनावट में
न कसावट में।

अठाईस-तीस दिनों में
कमअज पाँच सौ उड़ाने भर
चोंच भर तिनका उठाए
अनेक बया
लटका देती हैं
अपने घोंसले
किसी नदी, तालाब या पोखर के नज़दीक
हरे-भरे दरख्तों की शाखाओं पर।

समूह में रहती बया
मानती है स्वयं को सुरक्षित
आस-पास लटके इन घोंसलों में।

बया के घोंसलों का
पेड़ों पर लटकना
महज किसी पक्षी के आश्रय का
निर्माण भर नहीं है
यह किसानों के लिए
सूचना भी है कि
बरसात आ पहुँची है सिर पर।

बया हमेशा के लिए
काबिज नहीं रहती
अपने इन घोंसलों पर।
पन्द्रह–बीस दिन
अंडे सेंक
अपने नवजात बच्चों सहित
हो जाती है फुर्र।

पीछे छोड़ देती है घोंसला
किसी दूसरे पक्षी को
जो बना न पाया हो
अपना कोई ठौर।

❖ ❖ ❖

मन का पीपल हो जाना

नन्हा सा–पीपल का पौधा
रोपते
सोचा न था
कि एक दिन पेड़ बन
यह मेरी पहचान भी बन जाएगा।

पौधे से पेड़ बन चुके
इस पीपल की छाँव में
बैठे लोग–बाग
अक्सर जब यह कहते हैं
फलां ने लगा रखा है यह पेड़
और फलां ने बनाया है
बैठने को यह 'टयाला'।
यह सुन
उस विशालकाय वृक्ष की तरह
पीपल हो जाता है मन।
जो
ख़ुदगर्जी व नफ़रत से भरी
जहरीली हवाओं को सोख
वातावरण में फैलाना चाहता है
प्राणवायु
जिसे इंग्लिश में कहते हैं ऑक्सीजन।

मन का पीपल होना
या
पृथ्वी को भर देना ऑक्सीजन से

ऐसा सोचते ही मैं
और भी नज़दीक
हो जाता हूँ
पृथ्वी के।
महसूस करता हूँ
मनुष्य होने का सुख।

❖ ❖ ❖

बूढ़ी औरतें

गाँव में
बूढ़ी औरतें
मन से
कभी बूढ़ी नहीं होती।

वे
अल सुबह
जलाती हैं चुल्हा
बुहारती हैं घर-द्वार
किवाड़ की ओट
व दीवार के कोने में बने
मकड़ी के जाल को
ऐसे भाव से हटाती है
जैसे मन को कर रही हो
चिंतामुक्त।

गाँव की बूढ़ी औरतें
उकड़ू बैठ
निगोड़ती है खेत
और इलाके के
प्रतिष्ठित देवता को स्मरण कर
करती है प्रार्थना
कि ख़ूब होनी चाहिए
इस बरसात बरखा
ताकि डंगरों के चारे में कमी न रहे।
मानुष का क्या

वो तो डिपू के राशन से भी
भर लेता है पेट।

गाँव की बूढ़ी औरतें
आँगन में बैठ
पहरती हैं घर
निघवालती है
पोते-पोतियों को
दिन भर।
और काँपते हाथों
लगाती है टुप्पे
तार-तार होते जा रहे रिश्तों में।

बूढ़ी औरतें
बिना शिकवा-शिकायत
पीती हैं दुःख
उलीचतीं है आशीर्वाद
और एक दिन
चुपचाप त्याग देती हैं
उस देह को
जिसे वर्षों पहले ही
सौंप दिया था
किसी अजनबी को।

✤ ✤ ✤

हुक्के का पलायन

पहाड़ों में अक्सर
मेहमान आगमन पर
बिछौने के साथ
आता रहा है
लोटा भर पानी
और सुलगता हुक्का
बरामदे की छोर पर।

मानव स्वभाव की तरह
हुक्के में रहते हैं
आग और पानी साथ-साथ।

हुक्के के वजूद से
हरदम जीवन्त रहता था चुल्हा
धीमे-धीमे सुलगता दिन-रात।

'बहू, जरा चिलम भर ला'
आवाज़ सुनते ही
दौड़ पड़ती थी बहू,
रिश्ता निभाने
तबीयत हुई तो मन से
वर्ना बेमन से।

हुक्के की नली
एक-दूसरे को परोसते बुज़ुर्ग
धुएँ के साथ

उग़लते रहते अपनी व्यथा
करते मन के जाले साफ़।

बीड़ी के पदार्पण से
विसर्जित हुआ हुक्का।
चूल्हे को हरदम सुलगने से मुक्ति मिली
सास–बहू ने भी चैन की साँस ली।

गाँव में उपेक्षित हुक्का
किसी बेरोजगार युवक की तरह
महानगर को पलायन कर गया
जाकर आबाद हुआ हुक्काबार में।

❖ ❖ ❖

असल स्वाद

रोटी
गैस पर भी
पकती है
हीटर पर भी
और
चूल्हे पर भी।

गन्दम
फ्लोर मिल में भी
पीसी जाती है
घरेलू चक्की पर भी
और
घराट में भी।

सब्जी
पॉलीहाउस भी
उगाई जाती है
और
साधारण खेत में भी।

बढ़ गई हैं
या बढ़ा ली हैं
हमनें अपनी ज़रूरतें
इसलिए ज़रूरी है
एल पी जी गैस
बिजली का हीटर

फ्लोर मिल
और पॉलीहाउस।

वर्ना
असल स्वाद तो
आज भी बसता है
खेत की सब्जी
घराट के आटे
और
चूल्हे पर पकती
रोटी में ही।

जलते चूल्हे के पास
पलथी मार बैठना
और
माँ के हाथ की बनी
गर्मागर्म रोटी
कांसे की थाली में खाना,
कहाँ भूलता है
कम से कम
इस जीवन में तो
भूलने से रहा।

❖ ❖ ❖

नींव और जड़ें

नींव हों
चाहे जड़ें
दोनों धँसी रहती हैं
भीतर तक।

धरती को
गहरे कुरेद कर
और
मानुष को
भीतर तक खँगालकर ही
ली जा सकती है
इनकी थाह।

नींव
मीनार को
सिर्फ़ टिकाए रखती है,
जड़ें
पकड़ती भी हैं, सींचती भी हैं
मानुष हो चाहे पेड़।

इसलिए मैं
जड़ें होना चाहता हूँ
ताकि पकड़ सकूँ रिश्तों को
सींच सकूँ मनुष्यता को।

✤ ✤ ✤

जब पगडण्डी सड़क हुई

एक—
पगडण्डी का सड़क हो जाना
महज रास्ते का चौड़ा होना भर नहीं है,
यह विनाश और विकास का सूचक भी है
एक संस्कृति के लोप और दूसरी के उदगम की प्रस्थान यात्रा भी है।

दो—
जब पगडण्डी सड़क हुई
पहले पेड़ गए
फिर पत्थर और मिट्टी
उनकी राह हो लिए
और इस तरह पहाड़
हमेशा के लिए रीत गए।

तीन—
जब पगडण्डी सड़क हुई
खेत में ट्रैक्टर आया
पॉवर ट्रिलर आया
इस तरह बैल
ज़मीन से बेदखल हुए।
अब सड़कों पर आवारा फिरते हैं
हज़ारों-हज़ार बेरोजगारों की तरह।

चार—
जब पगडण्डी सड़क हुई
टैंकर भरकर बच्चे के हिस्से का

दूध गया
माँ की रसोई से सब्जी गई,
चार पैसे की आस में
पिता की कुछ चिंता कम हुई।

पाँच—
जब पगडण्डी सड़क हुई
कुछ कष्ट घटे कुछ सुविधा आई

चिप्स और च्यूंगम के बदले
बच्चों की हँसी-ठिठोली गई,
युवाओं का अल्हड़पन गया
उनके हिस्से खुराफातें आईं
कारीगर बाज़ार में बिकने लगे
इस तरह देहाती ठसक गई।
जब पगडण्डी सड़क हुई
सिर का बोझ
पीठ से उतर
जा बैठा छाती पर।

❖ ❖ ❖

घड़ी और समय

घड़ी
एक समय सूचक यंत्र है
जो माप तो लेती है
समय को
मगर टटोल नहीं पाती
समय की नब्ज।

हालाँकि
घड़ी ही तय करती है
बज़ार में
समय की क़ीमत।

घण्टों की दर से
तय होती है
मज़दूर की दिहाड़ी
और
मासिक दर से
अफसर का वेतन।

जबकि
समय से जुड़ा है
घड़ी का वजूद।
घड़ी के रुकने
ठहरने-ठिठकने से
कोई फ़र्क़ नहीं पड़ता
समय को।

मगर
समय के ठहरने से
फालतू चीज़
बन जाती है घड़ी।

फिर भी
ऊँचे कगारों पर पहुँचे
कई बौने लोग
घड़ी को रोककर
अपने पक्ष में
बदलना चाहते हैं
समय।

❖ ❖ ❖

विचारहीन दुनिया में

वे
बड़ी तल्लीनता से
पढ़ाते रहे
उन्हें
अ से अनार
आ से आम
जिनके हिस्से
कभी अनार आया न आम।

वैसे
पढ़ाने को तो वे
कबीर भी पढ़ाते रहे
तमाम उन हथकण्डों के साथ
जिनके विरोध में
खड़ा है कबीर।

ऐसे ही
गाँधी को भी रखा है उन्होंने
पाठ्यक्रम के उसी दायरे में
जिसमें
संविधान की
अलग-अलग व्याख्या के साथ
क़ानून की गलियों में
घूमता रहता है अम्बेडकर।

जिन विचारकों ने कहा
अ से अनार नहीं
अधिकार पढ़ाया जाए
आ से आम नहीं
आग पढ़ाया जाए
क से कमल के बदले
पढ़ाया जाए क़लम
और
ह से हलवाई के
चित्र की जगह
पुस्तक में दिखाया जाए
हल जोतते किसान का चित्र।

टुकड़े—टुकड़े गैंग कहकर
वे कर दिए गए बहिष्कृत।

इस
विचारहीन दुनिया में
आसान नहीं होता
शब्दों के
नए अर्थ गढ़ना
या
पुरानी किताबों को
नए दृष्टिकोण से पढ़ना।

✤ ✤ ✤

स्कूल में प्रार्थनारत बच्चे

आँखे बंद किए
हाथ जोड़े
चेहरे पर याचक के भाव लिए
प्रार्थना की मुद्रा में
सावधान खड़े
नन्हें-नन्हें बच्चे
समवेत स्वर में गा रहे हैं
एक ऐसा गीत
जिसका अर्थ वे नहीं जानते।

इस गीत में
ईश्वर है—उसकी कृपा है
अध्यात्म है—मोक्ष है
अदृश्य अलौकिक शक्तियाँ हैं
चमत्कार हैं
श्रद्धा का एक कोना है
जिनके आगे
उनको नतमस्तक होना है।

इस प्रक्रिया से रोज गुज़रते ये बच्चे
वर्षों से यूँ ही गाए जा रहे हैं
कभी नाक-भौं सिकोड़ते
कभी नाक-पोंछते
स्कूलों में प्रार्थनारत
ये नन्हें-नन्हें बच्चे।

✤ ✤ ✤

पढ़ाई बनाम श्रम

पिता ने कहा—
बेटा पढ़ेगा नहीं
तो मेरी तरह
मज़दूरी करेगा
सारी उम्र।
माँ ने कहा—
बेटा पढ़ा कर
नहीं तो
हल–बैल
ढोर–डंगरों के साथ
गुज़रनी पड़ेगी
तमाम उम्र
हमारी तरह।

बेटा जहीन था
बातों का असर पड़ा
और वह पढ़ गया।
अब बेकार पड़ा है
पढ़ाई की माफिक
रोजगार के इंतज़ार में।
माँ–बाप को शिकायत है—
पढ़ने से बेटा
निटठ्ला हो गया।

मेहनत मज़दूरी नहीं करता
हल–बैल नहीं जोतता

ऐसी पढ़ाई से तो
अनपढ़ ही बेहतर होता।

नहीं जानते माँ–बाप
कि वर्षों पहले
उन्होंने ही
जाने–अनजाने
बेटे के मन में
रोप दिए थे बीज
पढ़ाई से श्रम को
अलग करने के।
अब बेटा
पढ़ गया
तो वह
क्योंकर मज़दूरी
करने लगे?

❖ ❖ ❖

प्रेत से मुक्ति

छयालिस छात्र
और एक अध्यापक
बंद हैं
कक्षा के कमरे में।
सब ख़ामोश हैं! नीरवता है!
अध्यापक ने
फैंक दिए हैं प्रश्न,
छात्र शून्य में
खोज रहे हैं उत्तर।
भाँप लेता है, अध्यापक
घर से पढ़कर
नहीं आए हैं छात्र ।
अध्यापक बन जाता है शेर
दहाड़ने लगता है उपदेश
धिक्कारता है उन्हें
घर से, न पढ़कर आने के लिए।

नहीं जानता अध्यापक
कि कल जब मौसम की
पहली बारिश पड़ी थी
तब छात्रों की पढ़ाई
धान के खेतों में हो रही थी।
मौसम बिगड़ने से पूर्व
डंगरों के लिए चारा पानी,
जंगल से सूखी लकड़ियाँ बटोरना
सभी कुछ तो शामिल है

उनके जीवन के पाठयक्रम में।
तय नहीं कर पाते छात्र
कौन सा पाठयक्रम उपयोगी है
घर का, खेत-खलिहान का
या पाठशाला में
कुछ पुराने बादशाहों के नाम रटने का ।

अध्यापक ने भी
वर्षों पहले छोड़ दिया है पढ़ना ।
वह सिर्फ़ पढ़ाता है।

कल याद करके आना
नालायक कहीं के,
कह कर चल देता है अध्यापक
पतलून की जेब में हाथ डाल कर।
छात्र मारते हैं किलकारी
प्रेत से मुक्ति की।

✤ ✤ ✤

होमवर्क

दादी की पूँछ बन
उसने सीखी खेत की गुड़ाई
माँ का पल्लू पकड़
सीखी डंगरों की देखभाल
पिता के कंधे पर चढ़
सीखा बोझ उठाना।

खेत की देखभाल करते
डंगरों को चराते
जंगल से लकड़ी बीनते
उसे पता ही न चला
कब जा पहुँचा स्कूल
जहाँ बस्ते का बोझ
पीठ से होता
दिमाग़ पर चढ़ आया।

स्कूल
जहाँ उसके हमउम्र और भी थे।
सबके कपड़े एक
मगर स्वभाव अलग थे
किताबें एक थी
सवाल एक था
जबाव अलग थे।

हसरतें एक सी थीं
साधन अलग थे

स्कूल का होमवर्क एक था
घर का होमवर्क अलग-अलग था।

जो मुक्त रहे घर के होमवर्क से
उन्होंने पूरा किया स्कूल का होमवर्क
और सुदूर आगे बढ़ गए
लौट कर वापस न आने को।

जो पूरा न कर पाए
स्कूल का होमवर्क
वे ताउम्र व्यस्त हो गए
घर के होमवर्क में।

जिन्होंने साध लिए एकसाथ
दोनों होमवर्क
वे इन दोनों से कुछ बेहतर रहे
जीवन में।

❖ ❖ ❖

भाषा निरापद नहीं होती

भले ही मेरे इंग्लिश पढ़े होने का
साक्ष्य
मेरे प्रमाण-पत्र हैं
पर सच यह है कि
मैं इंग्लिश नहीं जानता।

साक्ष्य तो इस बात के भी ठोस हैं कि
मैंने हिंदी के साथ-साथ
संस्कृत और उर्दू भी पढ़ी है।

संस्कृत मेरे बुते—
सः, तौ, ते-तम, तौ, तान से
आगे न बढ़ पाई
और उर्दू
अल्फ, बे, बतौआ-माँ स्यारटी, बाप कौआ
तक सीमित रही।
फिर इंग्लिश का तो कहना ही क्या?
मगर एक बात सच है कि
दस्तखत मैं बड़े साहब की मानिंद
इंग्लिश में ही करता हूँ, ठाट से।

मेरे भाषा ज्ञान के साक्ष्य
इन प्रमाण-पत्रों की तरह
यह भी उतना ही सच है कि
क्लास रूम की पढ़ाई और परीक्षा केंद्र का
आपस में कोई सम्बंध नहीं होता

ठीक वैसे ही जैसे
पाठ्यक्रम का रोज़मर्रा की ज़िंदगी से
कोई नाता नहीं होता।

जो पढ़ाया जाता है
वह काम नहीं आता
जो काम आता है
वो पढ़ाया नहीं जाता।

फिर भाषा कोई भी हो
क्या फ़र्क़ पड़ता है?
वैसे भाषा को लेकर
पढ़ाया तो यह भी जाता है—
'भाषा अभिव्यक्ति का माध्यम है।'
व्याकरण की यह परिभाषा अधूरी है।
क्योंकि
भाषा इतनी भी निरापद नहीं
जो सिमट जाए व्याकरण में।

सच तो यह है कि
भाषा ही तय करती है हमारा भविष्य,
सत्ता में हमारी भागीदारी।

संसार की
कोई भी भाषा निरापद नहीं होती।

❖ ❖ ❖

कवि होने की पहचान

मैंने देखा है
उसे
टूटी हुई क़लम से
कविता गढ़ते
उसने
झुठलाया है
इस सत्य को
कि
कवि होने के लिए
साक्षर होना
आवश्यक है।
टूटे फल वाले
हल से
तीन इंच
ज़मीन कुरेदते
बूढ़े हो आए
बैलों को हाँकते
वह जिस
कविता की
खेती करता है
ज़िन्दगी की
सच्ची, पहली और आख़िरी
कविता है।

पचास वर्षों की
खेती से

उग आए
शब्दों के समूह
उसके झुरीदार चेहरे को
कवि
होने की पहचान
देने में समर्थ हैं।

✤ ✤ ✤

गीदड़-कुत्ते और चींटियाँ

वे
वैसे ही प्रसन्नचित हैं
जैसे गीदड़ हुआ था
शेर की खाल
हाथ लगने पर
पहली बार।

वे
वैसे ही दौड़ रहे हैं
जैसे हड्डी मिलते ही
मुँह में दबाए
दौड़ पड़ते हैं कुत्ते
कहीं एकांत में
चाबने का सुख पाने।

वे
वैसे ही उड़ रहे है
जैसे पर उगते ही
उड़ती हैं चींटियाँ
समझती हैं
जन्म सफल हुआ
फिर वे निगोड़ी
नहीं चलती धरती पर।

शायद वे नहीं जानते
शेर की खाल में गीदड़

अधिक देर तक
छुपा न पाया था
स्वयं को।
और हड्डी कुत्ते के
गले में
फँस गई थी।
चींटियों के पंख
झर गए थे उसी शाम।

इस सच के
बावजूद
ख़ुशफहमी में जी रहे हैं
आज तक
गीदड़-कुत्ते और चींटियाँ।

❖ ❖ ❖

ज़रूरी है भरोसा

दाल में नमक की तरह
रक्त में धमक की तरह
दुनिया में ज़रूरी है भरोसा।

मिट्टी के भरोसे
बोए जाते हैं बीज
पत्थर के भरोसे
बनते हैं मकान
विश्वास के भरोसे
गढ़े जाते हैं भगवान।

वृक्ष
बसंत के भरोसे
झड़ते है।
पक्षी
पंखों के भरोसे
उड़ते हैं।
सैनिक
जीत के भरोसे
लड़ते हैं।

प्रियतम की
आगोश में
तलाशी जाती है
सुख की छाँव
इसी भरोसे लगाए जाते हैं
जीवन के दाँव।

यह भरोसा ही तो है
जिसके सहारे
हर तबाही के बाद भी
उठ खड़ा होता है आदमी।

भीड़ तंत्र

वे बहुत सारे थे
भीड़ की तरह!

उनमें से
कुछ मंच पर जा चढ़े
और बकने लगे उट-पटाँग
अपनी बाचालता से
वे जनप्रिय नेता हो गए।

कुछ ने थाम ली क़लम
और लिखने लगे ऊल-जलूल
अपने गिरोह की बदौलत
जल्द ही वे
बन गए प्रतिनिधि साहित्यकार।

कुछ ने बुद्धिजीवियों का रूप धरा
और गढ़ने लगे
कला-संस्कृति की नई-नई परिभाषाएँ।

कुछ धर्मरक्षक बन,
सरे-राह खींचने लगे लोगों की खाल।
कुछ राष्ट्रवादी बन
करने लगे संविधान की नई व्याख्याएँ
और विपक्षहीन लोकतंत्र की स्थापना के लिए
कुचलने लगे असहमतियों के स्वर।

इतना तो तय है कि
आसान नहीं होता
एक देश के लोगों को
भीड़ में धकेलना
सद्भाव को द्वेष में बदलना
और किसी सहिष्णु को असहिष्णु बनाना।

वर्षों लगे हैं उन्हें
एक लोकतांत्रिक होते समाज को
भीड़तंत्र में बदलने के लिए।

जो नहीं होना चाहते भीड़ का हिस्सा
उनके हिस्से
पहले आती हैं गालियाँ
फिर गोलियाँ।

✤ ✤ ✤

सत्ताधीशों के नाम एक पत्र

गुरुजन माफ करें परम्परा तोड़ रहा हूँ
बिना सम्बोधन के ही
सत्ताधीशों के नाम
एक पत्र लिख रहा हूँ—

शायद तुम नहीं जानते
तुम्हारी लाख कोशिशों के बाद भी
हमेशा बनी रहेगी—
हवा में नमीं
ज़मीन में आद्रता
फूलों में ख़ुशबू।

कभी ख़त्म न होगी
माँ की ममता
मनुष्य की संवेदना।

तुम्हारे आतंकी साए में भी
हमेशा
हाथों में मेंहदी
रचती रहेगी
पैरों में पायल
बजती रहेगी
ढोल नगाड़े और शहनाई के स्वर
गूँजते रहेंगे
लोग आपस में रिश्ते
बुनते रहेंगे।

और सुनो
तुम्हारे रोके न रुकेगा
नदियों का पानी
झरनों का संगीत।
उड़ते रहेंगे चिड़ियों के डार
कभी सीमा के इस पार
कभी सीमा के उस पार।

तुम्हारी साम्राज्यी इच्छा के बावजूद
चलता रहेगा
नाई का उस्तरा
दर्ज़ी की कैंची
लोहार की धौंकनी
मज़दूर की गैंती।

तुम्हारी सहमती के बिना भी
उगते रहेंगे—धरती में बीज
लगते रहेंगे—पेड़ों पर फल
पकता रहेगा—चूल्हों पर खाना
हो सके तो तुम कल ज़रूर आना।'

पत्र समाप्त।

प्रतिलिपि एक अनावश्यक टिप्पणी के साथ उनके हमख़्याल शासकों के नाम

'तुम भले ही छीन लो
अजन्में बच्चे से उसकी किलकारी
जन्में बच्चे से उसका बचपन
मगर ख़त्म नहीं कर सकते
धरती पर जीवन

मगर ख़त्म नहीं कर सकते
धरती पर जीवन।'

जब कभी लिखा जाएगा

जब कभी लिखा जाएगा
पहाड़ों की बर्बादी का इतिहास
जेलोटिन की छड़ें और जे.सी.बी. का नाम
सबसे ऊपर होगा।

जब कभी किया जाएगा
नदियों की बिगड़ी सेहत का लेखाजोखा
खनन माफियों का नाम
सबसे ऊपर होगा।

जब कभी किया जाएगा
जंगलों के सफाए का हिसाब
वन काटुओं का नाम
सबसे ऊपर होगा।

जब कभी आँका जाएगा
वायुमंडल में प्रदूषण का स्तर
गाड़ियों और फैक्ट्रियों का नाम
सबसे ऊपर होगा।

जब मूल्यांकन किया जाएगा
देश की दुर्दशा का
बहुत से
राजनेताओं व अफ़सरों का नाम
सबसे ऊपर होगा।

और सच में
जब कभी विमर्श होगा
इस जहान की तरक्की का
विश्व के तमाम श्रमिकों
तुम्हारा योगदान
सबसे ऊपर होगा।

❖ ❖ ❖

विभ्रम का समय है यह

बड़ा अजीब तमाशा है
नए-नए अर्थ हैं
नई-नई परिभाषा है।

कुछ कहते हैं
शासक पूर्णत:संन्यासी है
कुछ कहते हैं
संन्यासी ही वास्तव में शासक है।

शांति की कामना करती सरकारें
हथियार ख़रीद रही हैं
हथियार निर्माता
शांति वार्ता में व्यस्त हैं।
इस भ्रामक समय में
जिसे हम उजाड़ना कहते हैं
उसे वे सँवारना घोषित करते हैं।

हैरतअंगेज मंजर है यह
जिन्हें तैरना नहीं आता
वे बेझिझक नदी में कूद रहे हैं
जिनके पंख नहीं
वे बहुत ऊँची उड़ान भर रहे हैं।

विभ्रम का समय है यह
और
इस विभ्रम के समय

बड़ा असमंजस है कि
आदमियों में
किसे नेता माने
किसे चोर कहें
पशु-पक्षियों में
किसे भेड़िया माने
किसे मोर कहें।

❖ ❖ ❖

मैं बात करना चाहता हूँ

मैं हांगकांग की
आज़ादी की बात
नहीं करता
न ही करता हूँ
अफगानिस्तान की मुक्ति की बात।
रंगभेद नीति के शिकार
अश्वेत जार्ज फ्लायड की मौत की बात भी
अंतर्राष्ट्रीय समस्या हो सकती है।

मैं बात करना चाहता हूँ
अपने राष्ट्र की
अपने शहर की
अपने गाँव की
अपने गली–मुहल्ले की।

जहाँ कल्लू खाँ
कल तक दुकान करता था
और गुनगुनाता था
इकबाल के शब्दों को—
'मज़हब नहीं सीखता
आपस में बैर रखना'
वहीं की
हाँ वहीं की मैं बात करना चाहता हूँ।

मैं बात करना चाहता हूँ
लेह–लदाख की, पंजाब की

बंगाल की, आसाम की
कश्मीर की, बिहार की।

मैं बात करना चाहता हूँ
नागरिकता क़ानून और
दिल्ली के दंगों की।
जामिया की
जे.एन.यू. की।

मैं राजनीति की बात नहीं करता
न ही करता हूँ अफ़सरशाही की बात।
नोटबन्दी और राफेल ख़रीद भी
बड़े लोगों की बड़ी बातें हो सकती हैं।

मैं तो बात करना चाहता हूँ
हरिया मज़दूर
और नत्थू किसान की
हाँ, मैं बात करना चाहता हूँ
सिर्फ़ इन्हीं लोगों की।

❖ ❖ ❖

घर को लौटना

लौटते तो तुम पहले भी रहे हो
कभी छठ पर, कभी दीवाली पर, कभी मुहर्रम पर।

पर अबकी
अचानक घोषित हुए लॉकडाउन पर
तुम्हारा घर को लौटना
लौटना भर नहीं है।

इसे खदेड़ना कहते हैं मेरे दोस्त
जैसे खदेड़े जाते हैं आवार पशु।
यह नौकरी से निकालना भी नहीं है
यह दुत्तकारना है,
जैसे दुत्तकारे जाते हैं आवारा कुत्ते।

अबकी पुलिस भी ऐसे पेश आई
जैसे तुम ही मुजरिम हो इस कायनात के।
अफ़सरों का तो कहना ही क्या
उनके लिए तुम पहले भी बोझ थे
अब भी बोझ ही हो।

अपने अपने घरनुमां दड़बो में
अन्न, धन व जल को संग्रहित कर
स्वयं को सुरक्षित महसूस करने वाले
उच्चवर्ग की तो बात ही छोड़ो, मेरे दोस्त
वे तो इस बीमारी की जड़ तुम्हें ही मानते हैं।

शासकों की बात मत करना
वे तुम्हें वैसे भी नागरिक नहीं मानते,
इंसान तो क्या ही मानते होंगे?

भूखे प्यासे अपनों संग
जैसे भी लौटे हो
अपने घर में अपनों के पास
याद रखना अपनी इस अविस्मरणीय यात्रा को
जिसमें तुम इक्कीसवीं शताब्दी में
पैदल चले हो हज़ारों मील नंगे पाँव।

अबकी जो लौटे हो घर को
फिर लौट कर वापिस न आना
इस जहन्नुम में
जिसे तुम ग़लती से जन्नत समझ बैठे थे।

❖ ❖ ❖

मौत का भय और इतिहास का सबक

मौत के भय से
महानगरों में
थम गई है जीवन की रफ़्तार।
जानकर कहते हैं
रफ़्तार थमने के कुछ दिनों बाद
महानगरों की प्रदूषित हवा, शुद्ध हो गई है।
इतनी शुद्ध कि नवजात भी
भर सकते हैं उसे अपने फेफड़ों में
बड़े-बुजुर्गों की तो बात ही क्या।

जानकार कहते हैं
इस रफ़्तार थमने से
नदियों सहित तमाम जल स्रोतों का पानी
स्वच्छ और निर्मल हो गया है।
इतना निर्मल कि
उसे बेहिचक पीया जा सकता है।

जानकर यह भी कहते सुने गए कि
रफ़्तार थमने के कुछ दिनों बाद
कईयों ने पहली बार जाना
कि आकाश नीला होता है
धूल-धूसरित नहीं।
यह भी जाना कि आकाश में
कई तरह के पक्षी विचरते हैं
जिनका कलरव
गाड़ियों व हॉर्न के कर्कश शोर से अलग

एक मिठास लिए होता है
जिसमें कोयल की कूक श्रेष्ठ होती है।
साथ के साथ यह भी जाना कि
बारिश की बूँदों से गुज़रती
सूर्य की किरणों के सामंजस्य से
क्षितिज पर बनता है सतरंगा इंद्रधनुष।
फिर यह भी सुना
रफ़्तार थमने के बाद
कुछ लोगों ने अपनी टाँगों से
उतार दिए हैं टायर
और उनकी जगह पहन लिए हैं पाँव।
अब वे पाँव के सहारे चलना सीख रहे।
इधर
पीज्जा-बर्गर वाली पीढ़ी
अब चावल-चपाती-सब्जी से
धीरे-धीरे परिचित हो रही है।

इतना ही नहीं
यह भी सुना है कि
रफ़्तार थमने के बाद
महानगरों के मकान और फ़्लैट
घरों में तब्दील हो रहे हैं
जहाँ बुने जा रहे हैं इंसानी रिश्ते।

जानकार अपने तजुर्बे से यह भी कहते हैं
महामारी का डर ख़त्म होते ही
लोग पहले से भी तेज भागने लगेंगे।

हवा पानी फिर जहर से भर दिए जाएँगे
आकाश फिर धूल-धूसरित होगा
पंछी-पखेरू फिर भटकेंगे ठौर की तलाश में।
टाँगों से पाँव उतार

चमकदार जूते की जगह
पुनः टायर फिट कर दिए जाएँगे
और फिर से
गाड़ियों-जहाजों पर सवार हो लोग
दूर देश-विदेश जाएँगे।
जानकार बताते हैं कि
मानव सभ्यता के इतिहास में
महामारी का फैलना
नई बात नहीं।
इतिहास गवाह है
अंततः महामारी ही पराजित हुई है
मनुष्य के पराक्रम के आगे।

❖ ❖ ❖

मुझे अच्छा लगता है

मुझे अच्छा लगता है
जब एक खाता-पीता व्यक्ति
किसी भूखे को
भूख पर नियंत्रण के गुर,
भूख में स्वस्थ रहने के तरीके बताता है,
और किसी अभावग्रस्त, कुपोषित को
सेब, सन्तरा, केला खाने को कहता है।

मुझे अच्छा लगता है
जब अपने घर में परिवार सहित
दिन काटता व्यक्ति
किसी राहगीर को
जहाँ है, वहीं ख़ुशी-ख़ुशी टिके रहने की
सलाह देता है।

मुझे यह भी अच्छा लगता है
जब अधिकार सम्पन्न व्यक्ति
कॉरपोरेट और सरमायेदारों से
हाथ जोड़ विनती करता है कि
इस महामारी की बेला में
अपने कारीगरों व मज़दूरों का ख़्याल रखे।

अगर आपको यह सब अच्छा नही लगता
तो आप निश्चित ही देश-प्रेमी नहीं हैं,
उन हज़ारों-हज़ार लोगों की तरह
जो लॉकडाउन में भी सड़कों पर उतर आते हैं।
बार-बार रोकने के बावजूद ।

इंसान होने का शऊर

आगरा की एक व्यस्त सड़क पर
कंटेनर से बिखरे दूध को
इससे पहले कि चाटते कुत्ते
उसने दोनों हाथों
उलीचना शुरू कर दिया
अपने बर्तन में।
वह कैसे समझाता कुत्तों को
कि इस लम्बी लॉकडाउन की घड़ी में
सड़क पर बहता यह दूध
कितना ज़रूरी है
उसके ज़िंदा रहने के लिए।
गनीमत है भूख से तड़फता वह
कुत्तों संग दूध चाटता, कुत्ता न हुआ।
इस घड़ी में भी
इंसान होने का शऊर
उसमें बाक़ी था।

चूँकि यह आगरा की व्यस्त सड़क थी
इसलिए रात नौ बजे
टेलीविजन के प्राइम टाइम में
उसका भी जिक्र हुआ।
एंकर संवेदनशील रहा होगा
इस घटना को उसने
समाज के लिए शर्मनाक घोषित किया।
अपने-अपने ड्राइंगरूम में पसरे
हज़ारों-हज़ार दर्शकों ने

इसे मानवता के लिए कलंक माना।
कोरोना काल की इस घड़ी में
उनके पास व्यवस्था को कोसने
और हाथ मलने के अलावा,
चारा भी क्या था?

अगले दिन
तय कार्यक्रमानुसार
प्रधानमंत्री ने देश को सम्बोधित किया
'जान है तो जहान है' का मंत्र पढ़कर
लॉकडाउन आगे ज़ारी रखने की
वाजिब वजह बताई और
देश की जनता से सहयोग माँगा।

ड्राइंगरूम में पसरी जनता का तो मुझे पता नहीं
पर उस दूध उलीचते आदमी ने
सहर्ष अपनी स्वीकृति दे दी
देश को बचाने के लिए
लॉकडाउन को बढ़ाने के लिए।

✤ ✤ ✤

अबकी दंगों के बाद

अबकी दंगों के बाद
जो प्रभावित थे
वही दोषी हुए
जो घायल थे
वही आरोपी हुए।
जो मरे
अपनी ग़लती से मरे
जिनके घरबार जले
वही कसूरवार हुए।

अबकी दंगों के बाद
आग लगाने वाले
पहचाने नहीं गए
अलबत्ता ख़बर है कि
आग बुझाते ज़रूर कुछ लोग
पकड़े गए।

सुना है
दंगों वाली गली से थोड़ी दूर
विश्व के सबसे बड़े
लोकतंत्र का रंगमंच है
जहाँ इन दंगों के कथ्य पर आधारित
एक प्रहसन का मंचन होगा।
प्रहसन में संवाद होंगे
(जिन्हें शालीनता की भाषा में चर्चा भी कहते हैं)
संवाद से ज़्यादा शोर होगा
कुछ देर के लिए मंच का बहिष्कार होगा।

इस शोर और बहिष्कार के अभिनय के बीच
दंगा पीड़ितों के दुख दर्द
भाप बन
धुआँ-धुआँ बादल हो जाएँगे।

प्रहसन के अगले दृश्य में
न्यायमूर्ति की अध्यक्षता में
एक जाँच आयोग बनेगा।
न्यायमूर्ति सचमुच
मूर्ति बन
भावहीन व निष्प्राण भूमिका निभाएँगे।

किसी सीलबंद लिफाफे में
आयोग की गोपनीय रिपोर्ट आएगी
जो कभी जनता को नहीं बताई जाएगी।

सत्तापक्ष और विपक्ष के मध्य
दंगा पीड़ित भौंचक खड़ा होगा
कभी न मिलने वाले
न्याय की प्रतीक्षा में
सन 1984 के दंगा प्रभावितों की तरह।

❖ ❖ ❖

सम्बोधन

प्यारे मज़दूर साथियों...

तुम्हारे यूँ जाने से
कोई फ़र्क़ नहीं पड़ता।
गोदी में उठा कर ले जाएँ
या पीठ पर,
पैदल जाएँ या गाड़ी पर,
तस्वीरें छापें चाहे ख़बरें चलाएँ
कोई फ़र्क़ नहीं पड़ता।

इस घड़ी
तुम्हारे होने न होने से
कोई फ़र्क़ नहीं पड़ता।

तुम नहीं जानते
काठ की कुर्सी
आदमी को
बना देती है काठ का।

आसान नहीं होता
इस काठ की कुर्सी
तक पहुँचना।

इस कुर्सी तक पहुँचने को
कुछ उजाड़ना पड़ता है
कुछ बसाना पड़ता है।

कई दुर्गम और बीहड़ रास्ते
करने पड़ते हैं तय
कई कुछ दाँव पर
लगाना पड़ता है।

संविधान और क़ानून से
बंधी ये काठ की कुर्सियाँ
अपने हर पाए के नीचे
दबाए बैठी हैं
कई भयावह सच्चाईयाँ।
जिनके उजागर होने से
खतरे में पड़ सकता है देश।
इसलिए
देश बचाने को
मारना पड़ता है जमीर
और कहते हैं
जब आदमी का जमीर मर जाए
उसे कोई फ़र्क़ नहीं पड़ता।

काठ की कुर्सी
मरे हुए जमीर वाले आदमी का
दिल बदल देती है पत्थर में
और
पत्थर दिल इंसान को
तुम्हारे दुःखों से
कोई फ़र्क़ नहीं पड़ता।
तुम भूख से मरो
चाहे महामारी से।

इस संकट से बचने को
कुछ का मरना ज़रूरी है।
यूँ भी तुम्हारे मरने से
संसार नहीं ख़त्म होने वाला।

पहले उन्हें बचाना है
जिनके मरने से फ़र्क़ पड़ता है।

वे बचेंगे
तो मैं बचूँगा
मैं बचूँगा
तो देश बचेगा।

देश बचाने को
तुम्हें मरना पड़ेगा।

इससे कोई फ़र्क़ नहीं पड़ता
तुम अजनबी शहर में मरो
अपने गाँव में मरो
चाहे शहर और गाँव के बीच
रास्ते में मरो।

मैं आभारी हूँ आपका
जो देश के लिए मर गए
मगर ऊफ्फ तक न की।

✤ ✤ ✤

बीमारी का महामारी बनना

बीमारी ने
महामारी बनने से पहले
दुनिया भर के
पहरेदारों पर हमला बोला।

बीमारी ने
कमजोर इम्यून सिस्टम वाले
कई पहरेदारों की
क्षीण कर दी समझ
हर ली आँखों की रौशनी
समूल नष्ट कर दी उनकी संवेदनाएँ।
मगर बीमारी ने
नहीं छीनी उनकी जुबान
ताकि आत्ममुग्ध पहरेदार
बीमारी की आड़ में
करते रहें एक-दूजे का गुणगान।

अब
संवेदनहीन पहरेदार
न कुछ देख सकते थे
न कुछ समझ सकते थे
वे सिर्फ़ ऊल-जुलूल बोल सकते थे
ऊल-जुलूल बोलना ही
उनका सम्बोधन था,
राष्ट्र के नाम सन्देश था
या आत्मालाप था

यह जनता के लिए शोध का विषय भी हुआ
और पहरेदार के ज़िन्दा होने का प्रमाण भी
वर्ना पहरेदार तो कब के मर गए थे।

इस तरह अफरातफरी फैलाकर
बीमारी वहाँ
महामारी बन बैठी।

जहाँ पहरेदार का
इम्यून सिस्टम बेहतर था
समझ ठीक थी
दूरदर्शिता थी
वहाँ बीमारी,
बीमारी ही रही
महामारी की तरह
पाँव न पसार सकी।

✤ ✤ ✤

इस कठिन समय में

जी हाँ
ठीक कहते हैं आप
कठिन समय है यह।
गुज़र-बसर के लिए ही नहीं
लिखने-बोलने
सोचने-विचारने
समझने-समझाने के लिए भी
कठिन समय है यह।
मगर इस कठिन समय में
इतनी भी बंजर नहीं हुई है धरती
जहाँ हो न सके
विद्रोह की खेती।
न इतना शुष्क हुआ है आकाश
जो सींच न सके
मानवता की फसल को।

इस कठिन समय में
मरे नहीं हैं लोगों के सपने
न ही ख़त्म हुआ है
आँखों का पानी,
सूखे नहीं हैं उनके हलक
रगों में बहते ख़ून में
शेष है अभी जीवन की धमक।

इतिहास साक्षी है
बख्तरबंद गाड़ियों से

रौंदी गई चिन्गारियाँ
मौक़ा मिलते ही
सुलगती हैं
जुल्म के खेतों में ही
विद्रोह की फसल
उगती है
सबसे कठिन समय में।

❖ ❖ ❖

आवाह्न

ये ज़मीन बदलनी होगी
ये आसमान बदलना होगा
ख़ुद को बदलने के साथ-साथ
सारा जहान बदलना होगा।

हमें बदलने होंगे
टूटते-बिखरते
मानवता-मूल्यों के बीच
सृजन से विमुख
विध्वंस की ओर अग्रसर
ख़ौफ़नाक दिमाग़
हमें बदलने ही होंगे।

हमें बदलनी होंगी
वो तमाम मूल्यहीन सांस्कृतिक रूढ़ियाँ
जिनमें नई ब्याही
बहू का जिस्म
एक हादसा बन
आज भी जलता है
और एक वृद्ध बाप
विक्षिप्त ज़िन्दगी जीता है।
वो तमाम मूल्यहीन रूढ़ियाँ
हमें बदलनी ही होंगी।

हमें रोकना होगा
शहरों की ओर
भागते गाँव को—
गाँव में।

जहाँ
एक परिवार प्रतिक्षारत है
अपने शिक्षित हुए
एकमात्र बेटे का
जो सियासत में
आला अफ़सर बन
वक़्त के साथ-साथ
घर भी भूल चूका है।
हमें रोकना ही होगा
शहरों की ओर
भागते गाँव को—
गाँव में।

हमें बदलने होंगे
गले-सड़े राजनीतिक सोच
जिनमें एक मज़दूर
आज भी भूखा तड़फता मरता है
और पूँजीवाद के घेरे में
इंसानियत को छोड़
हैवानियत पर
जीने को आमादा है
हमें बदलने ही होंगे
गले-सड़े राजनैतिक सोच।

हमें पहचानने होंगे
बढ़ आए आस्तीनों के साँप
जिन्हें वक़्त रहते
कुचलना होगा।
ये ज़मीन बदलनी होगी
ये आसमान बदलना होगा।
ख़ुद को बदलने के साथ-साथ
सारा जहान बदलना होगा।

उनके हिस्से का देवता

उन्होंने
बचपन से देखा है
बड़े-बुज़ुर्गों को
देवता की देहरी पर
नाक रगड़ते,
कभी देवता से बतियाते,
कभी झगड़ा करते
तो कभी मन्नत माँगते।

उनके जीवन में
चारों तरफ़ वैसे ही पसरा है देवता
जैसे हवा में हरदम
मौजूद रहते हैं वाष्पकण
जो बादलों में तबदील होते ही
कभी प्यास बुझाते हैं
तो कभी बाढ़ लाते हैं।

वे इतना डरते हैं देवता से
कि जीवन में किसी भी शुरूआत से पहले
माँगते हैं इजाजत
फसल बीजने से लेकर
घर की नींव रखने तक,
शादी-ब्याह, जीवन-मरण
हर जगह हस्तक्षेप करता है देवता।

वैसे उनके हिस्से में
अनेक देवता हैं
जिनसे सुबह-शाम बास्ता रहता है उन्हें।

कुल देवता से शुरू हुआ
यह सिलसिला
इलाके के अधिष्ठाता देव तक
वैसे ही जाता है जैसे
लोकतंत्र में ग्राम पंचायत बार्ड मेम्बर से
शुरू होकर
पंचायत प्रधान, विधायक से होते हुए
साँसद तक जाता है।

विपदा में वे
देवता को बुलाते हैं घर-द्वार
ब्यान करते हैं उससे दुःख-दर्द
और चाहते हैं हल
विपदा के टलने-टलाने का।
गर कभी मिले कोई ख़ुशी
तो उसे बाँटने
सबसे पहले जाते हैं देवता के ही द्वार
उसका आभार जताने।

हालाँकि एक पहलू यह भी है
कि इसी देवता की आड़ में
देव-संस्कृति के नाम पर
लहलहा रही हैं
कई बुराइयों की फसलें।
जातीय भेदभाव को तर्कसंगत बताने में
हर बार आगे कर दिया जाता है देवता।

शोषित नवाजते हैं सिर
चाहते हैं
सदियों से पैरों में पड़ी
दासता की बेड़ियों से मुक्ति
पर इस जन्म में नहीं
अगले जन्म में।

देवता हरबार कबूलता है उनकी अरदास
बरसते हैं फूल
गूँजते हैं जयघोष
शोषित बजाते है नगाड़े और तुरही
गहरे तक धँसी
देव संस्कृति की जड़ें
और गहरी हो जाती हैं।

दूर कहीं चीत्कार लगाता है
अपने घोंसले की राह से भटका
कोई पंछी
शाम के धुँधलके में।

❖ ❖ ❖

रोज़मर्रा सरजू की

चौबीस वर्षीया सरजू
मुँह अँधेरे उठ जाती है
आलस भरी अँगड़ाई लेती।

सरजू चल देती है
पति को सोता छोड़
गऊशाला की ओर
डंगरों का गोबर उठाने
गोबर की गंध
सरजू के जिस्म में रची-बसी है।

अब सरजू
धुँआती गीली लकड़ियों से
चूल्हा जलाने को माथा फोड़ती।
जंगली लकड़ी का विषैला धुआँ
सरजू को खाँसी नहीं जगाता
यह धुआँ
उसकी साँस में
तम्बाकू के धुएँ की मानिंद
भीतर तक घर कर गया है।

सरजू जा रही है
गाँव की सधवा औरतों के साथ
पीपल को फेरे देने
और आँगन में उग आई तुलसी को
पानी देते

उसके मुख से सहज ही
राम–राम निकलता है।

सरजू अब
खेत में हल जोतते पति के पीछे
बीज बिखेरती जा रही है
आने वाले बच्चे की आशा में
फसल के अच्छे होने का भ्रम पाले।

दोपहर में सरजू
सूत कातते हुए
सिर झुका सम्मान का प्रदर्शन कर
सास की
तलवार सी तीखी
शब्दावली की बौछार को
चुप झेलती है अपनी छाती के नीचे
और इन्तज़ार करती है
अपने सास बनने का।

शाम सरजू
जंगल से चर आए डंगरों को
घास डालती
लोटा भर दूध की आशा में
गाय दूहती
फिर उसी विषैले धुएँ से
भिड़ने को तैयार है बिना किसी थकान के।

रात बिस्तर बिछाकर
सरजू तैयार है
शराब की दुर्गन्ध साथ लाते
पति नामक जीव के इन्तज़ार में।

चौबीस वर्ष बाद
अड़तालीस वर्षीया
सरजू बूढ़ी हो गई है
उसकी जगह
अब उसकी बहू
सरजू बन गई है
इक्कीसवीं शताब्दी में
प्रवेश के साथ-साथ।

सुनो सैलानी

सुनो सैलानी
तुम पहले यात्री नहीं हो
जो आए हो टटोलने इन पहाड़ों को
और चाहते हो मापना इनकी चोटियाँ।
सदियों से
असंख्य लोगों को
आकर्षित करते रहे हैं ये पहाड़
कई सैलानी आए, कई गए
कई तो यहीं मर-खप गए
पर ठीक से न जान पाए इन पहाड़ों को।

यहाँ तक पहुँचने को
पार की होंगी
तुमने कई घाटियाँ
चले होंगे संकरे उबड़-खाबड़ रास्तों पर।

इन सूनी-उजाड़ घाटियों के बीच
कहीं-कहीं मिली ही होंगी
बस्तियाँ तुम्हें
कुछ लोग-बाग भी हँसते हुए बतियाए होंगे तुमसे।
कुछ ने परोसे होंगे तुम्हारे सामने 'सिड्डू'
कुछ ने खिलाई होगी 'मक्की की रोटी और सरसों का साग।'

जानते हो
ये लोग इन पहाड़ों से भी
ऐसे ही बतियाते हैं

जिन पहाड़ों को चढ़ते हुए
फूली जा रही है तुम्हारी साँस।

तुम नहीं जानते
इन पहाड़ों में जीने का
अलग ही रोमांटिसिज्म होता है।
युवा कवि 'पवन ठाकुर' कहता है—
'ज़रूरी नहीं रोमांटिसिज्म मखमली चादर ही हो,
इन पहाड़ों में संघर्ष का अपना अलग रोमांस होता है।'
वह यह भी कहता है—
'पहाड़ का आदमी, पहाड़ की संतान है
जो पहाड़ के अंदर घटता है,
उसी के साथ बड़ा होता है
पहाड़ का आदमी।'

इन पहाड़ों में
दुःख के भीतर सुख ढूँढने का चलन है।

सुनो सैलानी
तुम जिस चोटी पर खड़े होकर
बतिया रहे हो अपने मित्रों से
सांझा कर रहे हो अपने अनुभव
कि बहुत कठोर होते हैं पहाड़
सख्त जान और निष्ठुर
और भी न जाने क्या-क्या?
कि तुम बहुत कठिनाई से पहुँचे हो ऊपर
कि बहुत कष्ट सहने पड़ते हैं
पहाड़ पर चढ़ते हुए।

सुनो सैलानी
ये भ्रम है तुम्हारा
तुम जानते ही कितना हो पहाड़ को!
चार-छः दिन तो क्या

चार–छः वर्ष भी कम हैं इन्हें जानने को
कईयों ने तो उमर गुज़रे दी
पहाड़ों का भूगोल समझने में।

सुनो सैलानी
क्या कभी पहाड़ की छाती में
कान धँसा कर
सुनी तुमने इनकी धड़कन?
जितने निष्ठुर लगते हैं
उससे कहीं ज़्यादा कोमलता है इनके भीतर।
इसलिए कहता हूँ
कान धँसा कर सुनो इनकी धड़कन
लाखों जल प्रताप समाए हैं इनकी छाती में
इनकी चोटियों में पसरी हैं
बड़ी–बड़ी झीलें
जो प्रमाण हैं कठोर में तरलता के,
कठिन में सरलता के।

जानते हो
इन पहाड़ों में धड़कता है दिल
एक पिता का।
पिता जो सख्त दिखने के बावजूद
पूरी करता है हर माँग अपनी संतान की
जो ज़िम्मेवारी वहन करता है अपने परिवार की।

इनके संसाधनों से ही
चलता है यहाँ का जीवन
पहाड़ पिता ही तो है
जो सदियों से पाल रहा है सबको।

सुनो सैलानी
तुम कितना जानते हो पहाड़ को?
तुम सचमुच नहीं जानते पहाड़ को।

नेपाल भ्रमण–एक

तब मैं
स्वयं आया था
अपनी ज़मीनी सच्चाईयों
को साथ लिए,
ज़मीन के रास्ते आया था
और ज़मीन पर ही रहा।

शिव प्रसाद अधिकारी से मिला था
जो एक बेरोजगार
अनपढ़ युवक था।
दोनों ने साथ खाए थे सत्तू
पीया था पोखरों का पानी।
कई पगडण्डियों से
साथ गुज़रे थे
और
खप्परैल की छत्त वाले घर में
चटाई पर काटी थी रातें।
उसके दुःख दर्दों को सुना
व महसूस किया था
अपने भीतर तक।

मेरी और उसकी
बुनियादी हालात में
भिन्नताएँ कम,
एकरूपता ज़्यादा थी।
शायद यही कारण रहा

भाषा की दीवार
कहीं आड़े न आ पाई।

उस कठिन यात्रा के कड़वे अनुभव
आज भी मिठास लिए
ज़िन्दा हैं।

✤ ✤ ✤

नेपाल भ्रमण–दो

अबकी मैं
स्वयं नहीं आया
लाया गया हूँ
वह भी ज़मीन से होकर नहीं
आसमान लाँघ कर।

अब मेरी मुलाक़ात
गाँव के उस अनपढ़
शिवप्रसाद अधिकारी से नहीं होगी।
ऐसा नहीं कि
शिवप्रसाद अधिकारी अब पढ़ चुका है
या उसने छोड़ दिए हों सत्तू खाने,
न ही उसने बनाया होगा
आर.सी.सी. का भवन
न बदली होगी अपनी चटाई
क्योंकि सिर्फ़ शासक बदलने से
व्यवस्था नहीं बदलती।

शायद अब मैं उससे
नहीं मिल पाऊँगा।
अब मेरी मुलाक़ात होगी
उपेन्द्र, शारदा, इन्द्रा से
अब मैं उन पगडण्डियों से
नहीं गुजरूँगा
बल्कि हर क़दम पर गाड़ी होगी।
न सत्तू खा पाऊँगा

न खप्परैल की छत्त के नीचे
चटाई पर सो पाऊँगा।

इससे पहले कि
कान्टीनैंटल डिस
और
लक्जरी डीलैक्स रूम
मेरी प्राथमिकताओं को बदले
मुझे शिवप्रसाद अधिकारी से
ज़रूर मिलना होगा
ताकि बचा सकूँ
अपनी जिजीविषा को।

❖ ❖ ❖

कुछ कविताएँ कभी नहीं मरती

उन्होंने कविताएँ लिखी
सुंदर शब्दों में
संसार की सबसे सुंदर कविताएँ लिखी।

उन्होंने नफ़रतों के बीच जीते हुए
प्रेम की कविताएँ लिखी
प्रेम के साथ जीते हुए
प्रेमियों की ज़रूरत पर कविताएँ लिखी।

उन्होंने अविश्वास के माहौल में
दोस्तों के साथ जीते हुए
दोस्तों की ज़रूरत पर
दोस्ती की कविताएँ लिखी।

उन्होंने उजड़ते वनों के बीच
प्रकृति के सानिध्य में
प्रकृति के सौंदर्य पर कविताएँ लिखी।

उन्होंने सत्ताधीशों के जुल्म को सहते हुए
सत्ता को चुनौती देती
सत्ता के ख़िलाफ़ कविताएँ लिखी।

उन्होंने बर्बरता के विरुद्ध
बर्बरों के ख़िलाफ़ कविताएँ लिखी।

इस तरह कविताएँ लिखते-लिखते
मर गए वे एक दिन
मगर मरी नहीं उनकी कविताएँ।

ऐसी कविताएँ कभी मरती नहीं
दीर्घायु होती हैं ऐसी कविताएँ।

✤ ✤ ✤

अल्पायु कविताएँ

कुछ कविताएँ अल्पायु होती हैं
वे उन कवियों के साथ मर जाती हैं
जो निहत्थों के विरुद्ध खड़े होते हैं
बर्बरों के साथ।

वे कविताएँ
उन कवियों के ज़िंदा होने तक ही
कविता होती हैं।

वे कवि भी
श्रेष्ठ कवि होते हैं
उस निजाम की सलामती तक।

निजाम के ढहने
और कवि के मरने के साथ ही
मर जाती हैं वे कविताएँ
जो शोषितों के ख़िलाफ़
शोषकों के पक्ष में लिखी गई होती है।

अल्पायु होती हैं ऐसी कविताएँ।

❖ ❖ ❖

युद्ध के विरुद्ध

'जब एक डर दूसरे डर के विरुद्ध होता है, युद्ध होता है।'
'शांतिकाल में बेटे अपने पिता को दफनाते हैं—युद्धकाल में पिता अपने बेटों को दफनाते हैं।'

—क्रोएसस

आओ युद्ध करें
सबक सीखा दें
नामोनिशान मिटा दें
दुश्मन की झोंपड़ी में
पलीता लगा दें।

गूँज रहे हैं स्वर
धीरे-धीरे फैल रहा है उन्माद
हो रही है तैयारियाँ
सैनिकों की धधकती चित्ताओं पर
राजनीतिक रोटियाँ सेंकने की
सरहद के इस आर भी
सरहद के उस पार भी।

यह जानते हुए भी कि युद्ध
लील जाता है सभ्यताएँ
उजाड़ देता है सुहाग
छीन लेता है बुजुर्गों से
उनकी औलाद
गोदी में खेलते हज़ारों बच्चे
हो जाते हैं अनाथ
भटकती हैं सैंकड़ों विधवाएँ
रोजगार की तलाश में।

फिर भी चीख रहे हैं वे
आओ युद्ध करें।
उन्मादी ही नहीं
शातिर और चालाक भी हैं ये।

इस उन्मादी माहौल में
युद्ध के ख़िलाफ़ ब्यान देना
देशद्रोह से कम नहीं है
और शांति की बात कहना तो
धुर-दुश्मनों के एजेंट होना है।

परन्तु युद्ध के, विरुद्ध
मैं पहले भी था
आज भी हूँ
और कल भी रहूँगा
अपनी तमाम
प्रतिरोधक क्षमता के साथ।

❖ ❖ ❖

प्रेम ही कविता है

कविता को बताए बिना
तय कर दी गई है
उसकी परिभाषा
उसका स्वरूप।

यह भी निर्धारित किया जा चुका है कि
बिम्ब व प्रतीक
उसके सौंदर्य के
वैसे ही मापदंड हैं
जैसे स्त्री के चिन्हित अंगों से
निर्धारित की जाती है
उसकी सुंदरता।
जैसे वृक्षों के घनत्व से
तय होती है जंगल की सघनता।
जैसे पहाड़ों और नदियों के
भूगोल से
मापी जाती है वहाँ की आद्रता।

यह भी तय किया जा चुका है कि
भाषा ही निर्धारित करेगी
कविता के कथ्य और सम्प्रेषण को
भाषा का सीधा-सपाट होना
उसकी कमजोरी मानी जाएगी
जबकि मुँहफट और वाचाल होने पर
पूर्णतः पाबन्दी रहेगी।
कम शब्दों में

गूढ़ अर्थ व्यंजित करना
उसकी ज़िम्मेदारी होगी।

इस पाषाण होते समय में
मानुष के भीतर
बचाए रखनी हैं संवेदनाएँ
उकेरनी हैं उनमें भावनाएँ
ताकि सृष्टि में
ज़िंदा रखा जा सके सद्‌भाव,
—ऐसे कठिन काम
सौंपे जा चुके हैं कविता को।

प्रेम ही कविता की आत्मा होगी
यह भी घोषित किया जा चुका है चुपके से,
कविता को बताए बिना।

✤ ✤ ✤

प्रेम

1.
ख़ूब बतिया रहे हैं वे
इस मौन में
चुपचाप।

मौन
प्रेम की
लिपि रहित भाषा है।

2.
जहाँ जीवन है
वहाँ प्रेम है
जहाँ प्रेम है
वहाँ कविता है

प्रेम के बिना
न जीवन है
न कविता है।

3.
जो भीतर तक
नफ़रत से भरा है
हद है
अपने को
कवि कह रहा है।

जानता वह भी है
जहाँ कविता होती है
वहाँ
नफ़रत नहीं होती।

4.
बेतरतीब
उलझे धागों को
सिलाइयों की नोक से
सुलझाते
कब प्रेम की स्वेटर
बुन दी गई
उसे पता ही न चला।

❖ ❖ ❖

सुरंग का भूगोल

वह एक अँधेरी सुरंग थी
और हम जा रहे थे उस पार
हमें बता दिया गया था
कि सुरंग के पार
सुंदर घाटी है
जहाँ सुख का सूरज उगता है।
एक भयंकर अँधेरी सुरंग से
हम जा रहे थे
उस सुंदर घाटी की खोज में
सुख के सानिध्य में
जीवन को सुखी करने
हम जा रहे थे।

हालाँकि सुरंग के उस भयावह अँधेरे में
हम एक अज्ञात भय से डरे हुए थे
जैसे बलि से पहले
वध-स्थल की ओर जाते हुए डरता है पैहरु*।

यह डर हमारा भ्रम था
या हम सचमुच डरे हुए थे
साफ़-साफ़ कुछ नहीं कह सकते
मगर इस यात्रा में सपने ही हमारा संबल थे,
उन सपनों को पूरा करने की चाह में
हम जा रहे थे।

बुज़ुर्गों का कहना है
हमारे पुरखे भी गुज़रे हैं
ऐसी ही कई सुरंगों से
अपने सपनों की तलाश में।

एक के बाद दूसरी सुरंग
अंतहीन सिलसिला है यह सुरंगों का
हर सुरंग के मुहाने में दिखती है रौशनी
फिर धीरे-धीरे बढ़ता जाता है अंधकार
सुरंग में भी और हमारे मन में भी।
सदियों से ऐसे ही चलते जा रहे हैं हम
पीढ़ी दर पीढ़ी।
कई भयावह अँधेरी सुरंगें
पार की हैं हमने
उस सुंदर घाटी की तलाश में।

सुरंग के अँधेरे के खौफ़ का
अपना अलग चेहरा होता है
प्रकाश के खौफ़ से अलहदा
अँधेरे का खौफ़नाक चेहरा।

इस अँधेरे में
मौत का भय नहीं है
थकान के बीच
चलते रहने की जिद्द है।
इस खौफ़नाक मंजर में
भूख कम, प्यास ज़्यादा लगती है।
हमें बताया गया है
सुरंग के पार
मीठे पानी के चश्में हैं
इन्हीं चश्मों की तलाश में
सदियों से जा रहे है हम।

अपनी इस लम्बी यात्रा में
हम सुरंगों के भूगोल के ज्ञानी होते जा रहे हैं।
घूप्प अँधेरे में टटोलते हैं
अपने-अपने हाथ-पाँव।
साथ चलते हमराहियों को
देते हैं दिलासा—
धीरज रखो—धीरज रखो
धीरे-धीरे चलते रहो।
वह देखो हम पहुँच रहे हैं
सुरंग के मुहाने पर,
ख़त्म होने जा रहा है
सुरंग का भयावह अँधेरा।

---

*पैहरू —बकरी का बच्चा

❖ ❖ ❖

गोद लिए गाँव

जिसने कभी
नवजात
न लिया हो गोद में
उसने
साथियों से कहा
'आओ गोद ले लें
एक-एक गाँव।'

साथियों ने
अपने-अपने चुनाव क्षेत्र में ढूँढे
ऐसे नवजात गाँव
जो पहुँच में होने के साथ-साथ
वजन में हल्के हों
जिन्हें गोदी में उठाकर
घुमाया जा सके देश भर में।

गोद में बैठते ही
गाँव
ऐसे प्रसन्न हुए
जैसे आँगनबाड़ी केंद्र में
प्रसन्न होते हैं बच्चे
मनमाफिक कुछ खाने को मिलते ही।

गोद लेने की घोषणा के साथ
नापी गई

गाँव की देह
ताकि सिलवाये जा सकें
साफ़-सुथरे नए फ़ैशनेबल कपड़े।

गाँव के पाँव का
लिया गया पूरा-पूरा माप
जिससे बनवाये जा सकें
आरामदेह चमकीले जूते
ताकि आसानी से दौड़ा जा सके
विकास पथ पर।

गाँव का मुरझाया चेहरा
चमकाने को
बुलाये गए एक्सपर्ट ब्यूटीशियन
ताकि भाग लिया जा सके
ग्लोबल ब्यूटी कम्पीटिशन में।

इस सारी कवायद में
गोद लेने वालों की
जयजयकार हुई
फूलमालाओं से सुशोभित हुए
उनके गले।

कई दिन
मीडिया में चर्चा चली
अख़बारों में गाँव की फ़ोटो छपी।

गोद लेने वाले
शीघ्र लौटने का वायदा कर
गले मिल कर गए
गाँव वालों से।

गोद लिए गाँव
तब से ताक रहे हैं
उनके लौटने की राह
अपने नए कपड़े
जूते और ब्यूटीशियन के इंतज़ार में।

❖ ❖ ❖

कारोबार

वे जानते हैं
आपदा को अवसर में
बदलने की कला।
वे आपदा पैदा करने की कला भी
बाख़ूबी जानते हैं।

इसी कला के चलते
पहले उन्होंने
रोटी पर कब्जा किया
फिर भूख पैदा करने निकल गए।

भूख की खेती करते
उनके हाथ लगी पानी की फसल
उन्होंने पानी पर कब्जा किया
और प्यास पैदा करने निकल गए।

भूख और प्यास की फसल
जब ख़ूब लहलहाने लगी
तो उनकी नज़र से हवा भी बच न सकी।
उन्हें लगा
हवा भी शामिल होनी ही चाहिए कारोबार में।

तब उन्होंने ऑक्सीजन प्लांट लगाए
वेंटिलेटर बनाए
फिर ऑक्सीजन और वेंटिलेटर की ज़रूरत
पैदा करने निकल गए।

✤ ✤ ✤

स्त्री का नदी होना

नदी के भीतर
होती है
एक स्त्री
और
स्त्री के भीतर
बहती है
एक नदी।

निरन्तर बहती नदी
सींचती है
धरती को भीतर तक
ताकि बनी रहे आद्रता
फूट सकें जल स्त्रोत।

निरन्तर खटती स्त्री
सम्भाले रखती है
घर–आँगन
और
सृष्टि का आधार बन
करती है सृजन।

आवेग में बहती नदी
परिवेश में बिखरी गन्दगी को
धो डालती है।

नदी होती स्त्री
बहा ले जाती है
बाहर–भीतर पसरे
दुखों को।

सागर में समाहित होते ही
आवेग रहित हो नदी
नमकीन होकर
बदल लेती है स्वाद भी
स्वभाव भी।

मगर स्त्री
जीवन के अंत तक
स्वभाव नहीं बदलती
घर पिता का हो
चाहे पति का।

❖ ❖ ❖

चींटियाँ शोर नहीं करती

चींटियाँ जब निकलती हैं
तो अक्सर एक साथ
असंख्य निकलती हैं।

कतारबद्ध हो ऐसे चलती हैं
जैसे सेना कूच कर रही हो
एक पड़ाव से दूसरे पड़ाव।

चींटियों का कतारबद्ध चलना
सेना के अभ्यास से कम नहीं होता
मगर चींटियाँ सैनिक नहीं होती।

एक साथ एक जगह
इकट्ठा होने पर भी
चींटियाँ शोर नहीं करती
न जुबान से
न क़दमों की थाप से।
चींटियाँ सिर्फ़ कर्म करती हैं
अपनी पूरी लगन से।

चींटियाँ खींच लाती हैं
ख़ुद से पाँच-दस गुना बड़े शरीर वाले
किसी मरे हुए कीट की देह को
और रख देती हैं सुरक्षित
अपने बिम्बों के भीतर
दुर्भिक्ष के दिनों के लिए।

आकार में छोटी चींटियों से
डरते हैं विशालकाय हाथी भी
हाथियों का चींटियों से यूँ डरना
चींटियों की जीवन्तता का प्रमाण है।

✤ ✤ ✤